# Eigentum der Schulbibliothek von Hogwarts

| Verliehen an: | Rückgabe bis: |
|---|---|
| O. Wood | 9. April |
| B. Dunstan | 16. Mai |
| M. Flint | 22. Juni |
| C. Diggory | 3. Juli |
| A. Johnson | 19. Juli |
| E. Macmillan | 12. August |
| T. Boot | 21. August |
| S. Fawcett | 16. September |
| K. Bundy | 10. Oktober |
| K. Ball | 19. Oktober |
| C. Warrington | 13. November |
| J. Dorny | 5. Dezember |
| T. Nott | 22. Januar |
| S. Capper | 31. Januar |
| M. Bulstrode | 6. Februar |
| F. Weasley | 15. Februar |
| H. Granger | 2. März |
| H. Potter | 11. März |

**Achtung:** Wer dieses Buch zerreißt, zerfetzt, zerschnipselt, verbiegt, faltet, verunstaltet, entstellt, beschmiert, bekleckst, durch die Gegend wirft, fallen lässt oder auf andere Weise beschädigt, misshandelt oder mit mangelndem Respekt behandelt, dem jage ich die schlimmsten Strafen auf den Hals, derer ich fähig bin.

Irma Pince, Bibliothekarin

Kennilworthy Whisp

# QUIDDITCH
## im Wandel der Zeiten

Aus dem Englischen von
Klaus Fritz

## CARLSEN

in Zusammenarbeit mit

Whizz Hard
Books
WINKELGASSE 129B, LONDON

Alle deutschen Rechte bei Carlsen Verlag GmbH, 2001
Text copyright © J. K. Rowling 2001
Illustrations and original hand lettering copyright © J. K. Rowling
Originalverlag: Bloomsbury Publishing, London 2001
Originaltitel: Quidditch Through the Ages
The author asserts the moral right to be identified
as the author of this work
Aus den Englischen von Klaus Fritz
Umschlagentwurf: Richard Horne
Umschlagtypographie und deutsches Lettering: Doris K. Künster
Druck: Ebner Ulm
Bindung: GGP Media GmbH, Pößneck
ISBN 3-551-55307-6
Printed in Germany

# Quidditch im Wandel der Zeiten

»Kennilworthy Whisp hat in überaus gründlicher Forschungsarbeit eine wahre Schatztruhe mit bislang unbekannten Informationen über den Sport der Zauberer zutage gefördert. Eine faszinierende Lektüre.«

Bathilda Bagshot, Autorin der *Geschichte der Magie*

»Whisp ist ein überaus vergnügliches Buch gelungen; Quidditch-Fans werden es gewiss lehrreich und unterhaltsam finden.«

Die Herausgeber von *Welcher Besen?*

»Das maßgebliche Werk zu Ursprung und Geschichte des Quidditch. Höchst empfehlenswert.«

Brutus Scrimgeour, Autor von *Die Treiberfibel*

»Mr Whisp ist ein recht viel versprechendes Talent. Wenn er so weitermacht, könnte er sich eines nicht allzu fernen Tages bei einem Fototermin mit mir wieder finden!«

Gilderoy Lockhart, Autor von *Magisches Ich*

»Ich setze meinen letzten Sickel darauf, dass es ein Bestseller wird. Wollen wir wetten?«

Ludovic Bagman, Treiber der englischen Nationalmannschaft und der Wimbourner Wespen

»Hab schon Schlechteres gelesen.«

Rita Kimmkorn, *Der Tagesprophet*

## ÜBER DEN AUTOR

Kennilworthy Whisp ist ein namhafter Quidditch-Fachmann (und nach eigenem Bekunden vollkommen vernarrt in das Spiel). Er hat eine Vielzahl von Büchern über Quidditch geschrieben, darunter *Das Wunder der Wigtown Wanderers, Er flog wie ein Verrückter* (eine Biographie von »Dangerous« Dai Llewellyn) und *Klatscher klatschen: Verteidigungsstrategien im Quidditch.*

Kennilworthy Whisp lebt in Nottinghamshire, wenn er nicht gerade dort ist, »wo die Wigtown Wanderers spielen«. Zu seinen Hobbys zählen neben Backgammon und vegetarischer Küche auch das Sammeln von Oldtimer-Besen.

# INHALT

Über den Autor     VI

Vorwort     IX

1. Die Entwicklung des fliegenden Besens     1
2. Mittelalterliche Besenspiele     4
3. Das Spiel von Queerditch Marsh     8
4. Wie der Goldene Schnatz zum
   Quidditch kam     12
5. Anti-Muggel-Vorkehrungen     18
6. Der Wandel des Quidditch seit dem
   vierzehnten Jahrhundert     21
       Das Spielfeld     21
       Die Bälle     24
       Die Spieler     27
       Die Regeln     31
       Der Schiedsrichter     35
7. Quidditch-Mannschaften Britanniens und
   Irlands     37
8. Die weltweite Verbreitung des Quidditch     45
9. Die Entwicklung des Rennbesens     55
10. Quidditch heute     60

# Vorwort

*Quidditch im Wandel der Zeiten* ist eines der begehrtesten Bücher in der Bibliothek von Hogwarts. Wie mir unsere Bibliothekarin Madam Pince berichtet, wird es fast täglich »begrabscht, bekleckert und überhaupt misshandelt« – ein schönes Kompliment für ein Buch. Wer regelmäßig Quidditch spielt oder auch nur Zuschauer ist, wird Mr Whisps Buch geradezu verschlingen, ebenso wie jene von uns, die sich ganz allgemein für die Geschichte der Zauberei interessieren. Während wir das Quidditch im Laufe der Zeit weiterentwickelt haben, hat das Spiel auch uns selbst weiterentwickelt; Quidditch vereint Hexen und Zauberer verschiedenster Herkunft, gemeinsam erleben wir Augenblicke voller Begeisterung und Überschwang, doch auch – dies gilt zumindest für die Anhänger der Chudley Cannons – Momente abgrundtiefer Verzweiflung.

Wie ich gestehen muss, war es nicht ganz einfach, Madam Pince zu überreden, eines ihrer Bücher aus der Hand zu geben, um es für ein breiteres Publikum nachzudrucken. Und als ich ihr überdies sagte, das Buch solle auch den Muggeln zugänglich gemacht werden, verschlug es ihr tatsächlich vorüber-

IX

gehend die Sprache; einige Minuten lang war sie so starr, dass ich nicht einmal ein Zucken ihrer Wimpern wahrnahm. Kaum hatte sie sich wieder gefangen, fragte sie mich besorgt, ob ich den Verstand verloren hätte. In diesem Punkt konnte ich sie erfreulicherweise beruhigen und ihr dann erklären, warum ich diese beispiellose Entscheidung getroffen hatte.

Die lesende Muggelschaft wird keiner Erläuterung der Arbeit von Comic Relief bedürfen, und so wiederhole ich meine Worte an Madam Pince noch einmal zur Aufklärung aller Hexen und Zauberer, welche dieses Buch erworben haben. Comic Relief kämpft mit Hilfe des Lachens gegen Armut, Ungerechtigkeit und die Folgen von Katastrophen. Auf diese Weise verwandelt sich die Freude vieler Menschen in große Geldsummen (174 Millionen Pfund seit der Gründung im Jahr 1985 – das sind über vierunddreißig Millionen Galleonen). Indem Sie dieses Buch kaufen – und ich möchte Ihnen raten, es zu kaufen, denn sollten Sie allzu lange darin lesen ohne das Geld herauszurücken, dann werden Sie feststellen, dass Sie Opfer eines Klaufluchs geworden sind –, wenn Sie also das Buch kaufen, tragen Sie zu dieser magischen Mission bei.

Ich würde meine Leserinnen und Leser hinters Licht führen, wenn ich behauptete, diese Erklärung hätte genügt und Madam Pince hätte frohgemut einen Band aus ihrer Bibliothek den Muggeln zur Verfügung gestellt. Sie machte einige Gegenvorschläge, beispielsweise den Leuten von Comic Relief zu sagen, die Bibliothek sei abgebrannt, oder einfach vorzuschützen, ich sei ohne Anweisungen hinterlassen zu haben urplötzlich tot umgefallen. Auf mein Bekunden hin, dass ich nach reiflicher Überlegung doch meinen ursprünglichen Plan vorzöge, erklärte sie sich widerstrebend bereit, das Buch herauszurücken. Doch als sie es dann tatsächlich aus der Hand geben sollte, versagten ihre Nerven, und ich war gezwungen, ihre Finger einen nach dem andern vom Buch zu lösen.

Zwar habe ich die üblichen Bibliotheksflüche von diesem Buch entfernt, doch kann ich nicht versprechen, dass es völlig rückstandsfrei ist. Madam Pince ist bekannt dafür, dass sie die ihr anvertrauten Bücher mit ungewöhnlichen Zaubern und Flüchen belegt. Ich selbst kritzelte einst in Gedanken versunken ein wenig in den *Theorien Transsubstantieller Transfiguration* herum, und eh ich mich versah, hatte ich mir ein paar schallende Ohrfeigen seitens des Buches eingehandelt. Bitte behandeln Sie dieses Buch mit Umsicht. Reißen Sie keine Seiten heraus. Lassen Sie es nicht in die Badewanne fallen. Wo immer Sie in diesem Moment auch sein mögen, ich kann nicht garantieren, dass Madam Pince nicht auf Sie herabsausen und eine saftige Strafgebühr verlangen wird.

XI

Nun bleibt mir nur noch, Ihnen zu danken, dass Sie Comic Relief unterstützen, und die Muggel inständig zu bitten, Quidditch nicht zu Hause auszuprobieren; natürlich ist Quidditch ein von A bis Z erfundener Sport, den in Wirklichkeit niemand betreibt. Darüber hinaus möchte ich die Gelegenheit nutzen und Eintracht Pfützensee für die nächste Saison viel Glück wünschen.

## 1. Kapitel

# Die Entwicklung des fliegenden Besens

Bis zum heutigen Tag wurde keine Zauberformel gefunden, die es Zauberern ermöglicht, in ihrer menschlichen Gestalt ohne Hilfsmittel zu fliegen. Jene wenigen Animagi, die sich in geflügelte Wesen verwandeln können, kommen zwar in den Genuss des Fliegens, bleiben jedoch seltene Ausnahmen. Hexen oder Zauberer, die sich in eine Fledermaus verwandelt sehen, können sich zwar in die Lüfte erheben, da sie jedoch mit dem Gehirn einer Fledermaus ausgestattet sind, vergessen sie unweigerlich noch im selben Augenblick, wo sie eigentlich hin wollen. Hingegen ist die Levitation etwas Alltägliches, doch unsere Vorfahren wollten sich nicht damit begnügen, nur knapp zwei Meter über dem Erdboden zu schweben. Sie wollten mehr. Sie wollten fliegen wie die Vögel, allerdings ohne die Unannehmlichkeit, sich Federn wachsen lassen zu müssen.

Für uns ist es heute so selbstverständlich, dass jeder Zaubererhaushalt in Britannien mindestens einen fliegenden Besen besitzt, dass wir nur selten einmal aufmerken und uns fragen, wie es eigentlich dazu gekommen ist. Warum ist ausgerechnet der schlichte Besen zum einzigen Gegenstand geworden, der uns als Transportmittel gesetzlich erlaubt ist? Warum haben wir im Westen eigentlich nicht den bei unseren Brüdern und Schwestern im Osten so beliebten Teppich übernommen? Warum haben wir uns denn nicht entschieden, fliegende Fässer, fliegende Sessel oder fliegende Badewannen zu entwickeln – warum ausgerechnet Besen?

Die Hexen und Zauberer waren natürlich gewitzt genug, um einzusehen, dass die Muggel in ihrer Umgebung danach trachten würden, ihre magischen Kräfte auszubeuten, sobald ihnen einmal die Augen darüber aufgegangen wären. Deshalb bewahrten sie Stillschweigen und blieben unter sich, lange bevor das Internationale Abkommen zur Geheimhaltung der Zauberei in Kraft trat. Wenn es schon nötig war, ein Fluggerät im Hause zu haben, dann musste es unbedingt etwas Unscheinbares sein, das leicht zu verstecken war. Bestens geeignet dafür war der Besen; man musste, wenn ein Muggel ihn fand, nichts entschuldigen und schon gar nicht erklären, um was es sich handelte, zudem war er leicht zu transportieren und nicht teuer. Allerdings hatten die ersten für die Zwecke des Fliegens verzauberten Besen durchaus ihre Tücken.

Wie historische Dokumente zeigen, benutzten Hexen und Zauberer in Europa schon im Jahr 962 n. Chr. fliegende Besen. Eine deutsche illuminierte Handschrift aus dieser Epoche zeigt drei Zauberer, die mit dem Ausdruck heftigsten Unbehagens auf den Gesichtern von ihren Besen steigen. Der schottische Zauberer Guthrie Lochrin berichtet im Jahr 1107 von seinem »mit Holzsplittern gespickten Hintern und aufgequollenen Hämorrhoiden« nach einem kurzen Besenritt von Montrose nach Arbroath.

Ein im Londoner Quidditch-Museum ausgestellter mittelalterlicher Besen vermittelt uns eine gewisse Ahnung von Lochrins Qualen (siehe Abb. A). Ein dicker, knorriger Besenstiel aus unpoliertem Eschenholz, an dessen einem Ende auf simpelste Weise ein paar Haselstrauchzweige festgebunden sind, ist weder bequem noch genügt er aerodynamischen Erfordernissen. Auch die Zauber, mit denen er ausgestattet ist, sind recht schlicht: Er fliegt nur mit einer einzigen Geschwindigkeit vorwärts; er steigt, sinkt und hält an.

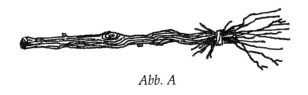

*Abb. A*

Da die Zaubererfamilien jener Zeit ihre Besen noch selbst herstellten, gab es gewaltige Unterschiede, was Schnelligkeit, Komfort und Handhabung ihrer jeweiligen Reisemittel betraf. Im zwölften Jahrhundert schließlich hatten die Zauberer gelernt, Tauschhandel zu betreiben, so dass ein geschickter Besenmacher seine Besen gegen Zaubertränke eintauschen konnte, die seinem Nachbarn vielleicht besser gelangen. Kaum waren die Besen bequemer geworden, flog man nicht mehr einzig und allein, um von Punkt A nach Punkt B zu gelangen, sondern auch zum Vergnügen.

─────────── 2. Kapitel ───────────
## Mittelalterliche Besenspiele

Besensport entstand, sobald die Besen so weit ausgereift waren, dass sie es den Fliegern ermöglichten, Kurven zu drehen und die Geschwindigkeit und Höhe selbst zu bestimmen. Zeitgenössische Schriften und Gemälde von Zauberern vermitteln uns eine ungefähre Vorstellung von den Spielen unserer Vorfahren. Manche dieser Spiele sind inzwischen ausgestorben, andere haben überlebt oder sich zu den Sportarten entwickelt, die wir heute kennen.

Das berühmte *Jährliche Besenrennen* in Schweden hat seinen Ursprung im zehnten Jahrhundert. Die Flieger rasen über eine Entfernung von knapp fünfhundert Kilometern von Kopparberg nach Arjeplog. Die Strecke verläuft geradewegs durch ein Drachenreservat, weshalb die riesige silberne Trophäe die Gestalt eines Schwedischen Kurzschnäuzlers hat. Dieser Wettflug, heute eine Veranstaltung von internationalem Rang, bringt Zauberer aus allen Ländern in Kopparberg zusammen, wo sie die Teilnehmer anfeuern, um anschließend nach Arjeplog zu apparieren, wo sie den Überlebenden gratulieren.

Das berühmte Gemälde *Günther der Gewaltige ist der Gewinner* (1105) zeigt das alte deutsche Spiel *Stichstock*. Auf einer sieben Meter hohen Stange wurde eine aufgeblasene Drachenblase befestigt. Ein Spieler auf einem Besen hatte die Aufgabe, diese Blase zu schützen. Der Blasenwächter, Mann oder Frau, hatte ein Seil um die Taille geschlungen, das an der Stange befestigt war, und konnte sich daher nicht weiter als gut drei Meter von ihr entfernen. Die anderen Spieler flogen dann abwechselnd auf die Blase zu und versuchten, sie mit dem eigens dafür geschärften Ende ihres Besens zu durchstechen. Der Blasenwächter durfte seinen Zauberstab benutzen, um die Angriffe abzuwehren. Das Spiel war zu Ende, sobald die Blase tatsächlich durchstochen war oder es der Blasenwächter geschafft hatte, alle Gegner aus dem Spiel zu hexen, sofern er zwischenzeitlich nicht vor Erschöpfung zusammengebrochen war. Stichstock starb im vierzehnten Jahrhundert aus.

In Irland erblühte das Spiel *Aingingein* und wurde

in manch einer irischen Ballade besungen (der legendäre Zauberer Fingal der Furchtlose soll angeblich ein Aingingein-Champion gewesen sein). Hier nahmen die Spieler abwechselnd den »Dom« oder Ball (übrigens die Gallenblase einer Ziege) und rasten durch brennende Fässer hindurch, die auf Stelzen hintereinander hoch in der Luft angebracht waren. Der Dom musste durch das letzte Fass geworfen werden. Sieger war der Spieler, dem dies am schnellsten gelang, ohne unterwegs in Flammen aufzugehen.

Schottland war die Wiege des wohl gefährlichsten aller Besenspiele – *Creaothceann*. Das Spiel wird in einem tragischen gälischen Gedicht aus dem elften Jahrhundert erwähnt, dessen erster Vers in der Übersetzung wie folgt lautet:

> Die Spieler kamen zusamm',
> zwölf stattliche, mutige Männer,
> Sie banden sich die Kessel um,
> zum Fliegen bereit,
> Beim Klang des Horns
> stiegen sie rasch in die Lüfte,
> Doch zwölfe von ihnen
> waren dem Tode geweiht.

Jeder Creaothceann-Spieler schnallte sich einen Kessel auf den Kopf. Beim Klang eines Horns oder einer Trommel begannen bis zu hundert verzauberte Steine und Felsbrocken, die zunächst gut dreißig Meter hoch in der Luft geschwebt hatten, zu Boden zu fallen. Die Spieler flogen blitzschnell umher und versuchten möglichst viele Steine mit ihren Kesseln aufzufangen. Bei vielen schottischen Zauberern galt dies als äußerster Beweis von Männlichkeit und Mut, und Creaothceann erfreute sich im Mittelalter, ungeachtet des von diesem Spiel verlangten hohen Blutzolls, beträchtlicher Beliebtheit. Im Jahr 1762 schließlich wurde es verboten, und obwohl sich Magnus »Beulenkopf« Macdonald in den sechziger Jahren des zwanzigsten Jahrhunderts an die Spitze einer Bewegung zur Wiedereinführung des Spiels setzte, weigerte sich das Zaubereiministerium, das Verbot aufzuheben.

*Shuntbumps* war ein beliebter Sport im englischen Devon. Es handelte sich um eine ruppige Variante des Turnierkampfs, bei dem es einzig und allein darum ging, so viele gegnerische Spieler wie möglich von ihren Besen zu hauen. Wer am Schluss noch übrig war, hatte gewonnen.

*Swivenhodge* hatte seinen Ursprung in Herefordshire. Wie beim Stichstock benutzte man auch hier eine luftgefüllte Blase, zumeist die eines Schweins. Die Spieler saßen rücklings auf ihren Besen und schlugen die Blase mit dem Reisigbündel über eine Hecke. Wenn ein Spieler die Blase verfehlte, gewann der Gegner einen Punkt. Wer zuerst fünfzig Punkte erreichte, war Sieger.

In England wird Swivenhodge auch heute noch gespielt, es hat jedoch nie größere Popularität erlangt; Shuntbumps hat lediglich als Kinderspiel überlebt. Auf Queerditch Marsh jedoch war ein Spiel erfunden worden, das eines Tages zum beliebtesten in der Zaubererwelt werden sollte.

## 3. Kapitel

## Das Spiel von Queerditch Marsh

Unser Wissen über die rauen Anfänge des Quidditch verdanken wir den Aufzeichnungen der Hexe Gertie Keddle, die im elften Jahrhundert am Rande von Queerditch Marsh lebte. Zum Glück für uns führte sie ein Tagebuch, das heute im Londoner Quidditch-Museum zu besichtigen ist. Die folgenden Auszüge wurden aus dem stark fehlerhaften Angelsächsisch des Originals übersetzt.

*Dienstag.* Heiß. Diese Meute von der anderen Seite der Marsch hat es schon wieder getrieben. Dieses dumme Spiel auf Besen. Ein großer Lederball flog mitten in mein Kohlbeet. Hab dem Mann, der ihn holen kam, einen Fluch aufgehalst. Wollte sehen, wie er mit

nach hinten verdrehten Knien wieder davon-
flog, diese große haarige Wildsau.

*Dienstag.* Nass. War draußen auf der Marsch,
um Nesseln zu pflücken. Die Besentrottel waren schon wieder am Spielen. Versteckte mich
hinter einem Stein und sah ihnen eine Weile
zu. Sie haben einen neuen Ball. Den werfen
sie sich gegenseitig zu und dann in die Bäume
zu beiden Seiten der Marsch, wo er sich in
den Ästen verfangen soll. Sinnloser Unfug.

*Dienstag.* Windig. Gwenog kam auf einen Nes-
seltee vorbei, dann meinte sie, ob ich nicht
mit nach draußen kommen wolle, da wär was
ganz Aufregendes zu sehen. Da stand ich nun
und sah diesen Hohlköpfen zu, wie sie auf
der Marsch spielten. Dieser große schottische
Zauberer von oben auf dem Hügel war auch
dabei. Jetzt lassen sie auch noch zwei schwere
Steine durch die Gegend fliegen, die sie von
den Besen hauen sollen. Ist leider nicht pas-
siert, während ich zusah. Gwenog meinte, sie
würde selbst öfter spielen. Ging angewidert
nach Hause.

Diese Tagebucheintragungen sagen uns viel mehr,
als Gertie Keddle geahnt haben konnte, ganz abge-

sehen von dem Umstand, dass sie nur den Namen eines einzigen Wochentages kannte. Zunächst also war der Ball, der in ihrem Kohl landete, aus Leder, wie der moderne Quaffel – die luftgefüllte Blase, die in anderen Besenspielen dieser Zeit benutzt wurde, war natürlich kaum mit Genauigkeit zu werfen, besonders bei windigem Wetter. Zweitens offenbart uns Gertie, dass die Männer den Quaffel »in die Bäume zu beiden Seiten der Marsch« warfen, wo er sich verfangen sollte – offenbar eine frühe Form des Toreschießens. Drittens gewährt sie uns einen kurzen Blick auf die Vorläufer der Klatscher. Höchst interessant ist, dass ein »großer schottischer Zauberer« dabei war. War er vielleicht ein Creaothceann-Spieler? War es seine Idee, die schweren Steine zu verhexen, damit sie auf gefährliche Weise kreuz und quer über das Spielfeld schossen, wie die Felsbrocken im Spiel aus seiner Heimat?

Erst ein Jahrhundert später finden wir erneut einen Hinweis auf den Sport von Queerditch Marsh, als der Zauberer Goodwin Kneen die Feder zur Hand nahm und an seinen norwegischen Vetter Olaf schrieb. Kneen lebte in Yorkshire, ein Beleg dafür, wie schnell sich der von Gertie Keddle erstmals beschriebene Sport in ganz Britannien ausgebreitet hatte. Kneens Brief wird im Archiv des norwegischen Zaubereiministerium verwahrt.

Lieber Olaf,

wie geht es dir? Mir selbst geht es gut, doch Gunhilda hat einen Anflug von Drachenblattern.

Letzten Samstagabend genossen wir eine schwungvolle Partie Kwidditch, obwohl die arme Gunhilda als Fängerin ausfiel und wir statt ihrer Radulf, den Schmied, nehmen mussten. Die Mannschaft aus Ilkley spielte gut, konnte uns aber nicht das Wasser reichen, hatten wir doch den ganzen Monat eifrig trainiert und trafen zweiundvierzigmal. Radulf bekam einen Blooder an den Kopf, weil der gute Ugga nicht schnell genug mit dem Knüppel war. Mit den neuen Zielfässern machten wir gute Erfahrungen. Drei Fässer auf Stelzen zu beiden Seiten, Oona, die Schankwirtin, hat sie uns geschenkt. Sie hat uns auch die ganze Nacht mit Met freigehalten, weil wir gewonnen haben. Gunhilda war ein wenig verärgert, weil ich so spät nach Hause kam. Ich musste vor ein paar tückischen Flüchen Reißaus nehmen, doch inzwischen habe ich meine Finger wieder.

Diesen Brief schicke ich mit meiner besten Eule. Ich hoffe, sie schafft es.

Dein Vetter
Goodwin

Wir sehen, wie weit sich das Spiel im Lauf eines Jahrhunderts entwickelt hatte. Goodwins Gattin sollte eigentlich »Fänger« spielen – vermutlich der alte Ausdruck für Jäger. Der »Blooder« (zweifellos der altenglische Begriff für Klatscher), der Radulf, den Schmied, traf, sollte von Ugga abgewehrt werden, der offenbar den Treiber spielte, da er ja einen Knüppel trug. Nicht mehr Bäume dienen jetzt als Tore, sondern Fässer auf Stelzen. Noch fehlte jedoch ein wichtiges Element des Spiels: der Goldene Schnatz. Erst Mitte des dreizehnten Jahrhunderts kam der vierte Quidditch-Ball hinzu, und dies auf recht merkwürdige Art und Weise.

--- 4. Kapitel ---

## Wie der Goldene Schnatz zum Quidditch kam

Ab dem frühen zwölften Jahrhundert war die Schnatzerjagd bei vielen Hexen und Zauberern ein beliebter Zeitvertreib. Heute sind die Goldenen Schnatzer (siehe Abb. B) eine geschützte Art, doch zur damaligen Zeit waren sie in Nordeuropa weit verbreitet. Weil sie sich jedoch geschickt verstecken und sehr schnell fliegen konnten, waren die Muggel kaum in der Lage, sie aufzuspüren.

Der Schnatzer ist ein winziges Wesen, verblüf-

*Abb. B*

fend flink in der Luft und sehr geschickt, wenn es darum geht, seinen natürlichen Feinden auszuweichen. All dies mehrte nur noch das Ansehen der Zauberer, die einen Schnatzer fingen. Das Quidditch-Museum bewahrt einen Gobelin aus dem zwölften Jahrhundert, der eine Gruppe von Zauberern zeigt, die gerade aufbricht, um einen Schnatzer zu fangen. Auf dem ersten Abschnitt des Wandteppichs sind einige Jäger mit Netzen zu sehen, andere tragen Zauberstäbe, und wiederum andere versuchen den Schnatzer mit bloßen Händen zu fangen. Der Gobelin enthüllt zudem, dass der Schnatzer von seinem Fänger häufig zerdrückt wurde. Im letzten Teil der Darstellung ist zu sehen, wie der Zauberer, der den Schnatzer gefangen hat, als Auszeichnung einen Sack Gold erhält.

Die Schnatzerjagd war in vielerlei Hinsicht verwerflich. Jeder Zauberer, der das Herz am rechten Fleck hat, wird die Vernichtung dieser friedliebenden Vögel im Namen des Sports beklagen. Überdies hatte die meist am helllichten Tage betriebene Schnatzerjagd zur Folge, dass mehr Muggel fliegende Besen zu Gesicht bekamen als bei allem anderen, was Zauberer trieben. Damals war der Magische Rat jedoch nicht in der Lage, die Beliebtheit dieses Sports einzudämmen – im Gegenteil, wie wir noch sehen werden, erhob der Magische Rat selbst offenbar keine Einwände.

Die Schnatzerjagd kreuzte schließlich im Jahr 1269 den Weg des Quidditch, und zwar bei einem Spiel, dem das Oberhaupt des Magischen Rates, Barberus Bragge, persönlich beiwohnte. Wir wissen dies dank des Augenzeugenberichts, den Madam Modesty Rabnott aus Kent an ihre Schwester Prudence in Aberdeen schickte (auch dieser Brief ist im Quidditch-Museum ausgestellt). Madam Rabnott zufolge brachte Bragge einen Schnatzer im Käfig zum Wettkampf mit und verkündete den beiden Mannschaften, er setze ein Preisgeld von einhundertfünfzig Galleonen[1] für denjenigen Spieler aus, der den Schnatzer während der Partie einfinge. Madam Rabnott schildert, was daraufhin geschah:

Die Spieler erhoben sich alle sogleich in die Lüfte, achteten nicht auf den Quaffel und

---

[1] Entspricht einem heutigen Wert von über einer Million Galleonen. Ob Ratsoberhaupt Bragge zu zahlen beabsichtigte, ist bis heute umstritten.

wichen den Blooders aus. Beide Hüter verließen ihre Torkörbe und schlossen sich der Jagd an. Der arme kleine Schnatzer flatterte verzweifelt kreuz und quer über das Feld und suchte zu entkommen. Doch die unten versammelte Zaubererschar zwang ihn mit Abwehrzaubern auf das Feld zurück. Nun, Pru, du weißt, was ich von der Schnatzerjagd halte und wie ich sein kann, wenn mir einmal der Kragen platzt. Ich rannte auf das Feld und schrie: »Ratsoberhaupt Bragge, das ist kein Sport mehr! Lassen Sie den Schnatzer davonfliegen und zeigen Sie uns das vornehme Spiel Cuaditch, dessentwegen wir alle gekommen sind!« Du wirst es nicht glauben, Pru, aber dieser Rohling lachte nur und schleuderte mir den leeren Vogelkäfig entgegen. Nun, da sah ich rot, Pru, und das meine ich ernst. Als der arme kleine Schnatzer auf mich zuflog, führte ich einen Aufrufezauber aus. Du weißt, wie gut meine Aufrufezauber sind, Pru – natürlich war es recht leicht für mich, richtig zu zielen, weil ich ja nicht auf einem Besenstiel saß. Der kleine Vogel flatterte schnurstracks in meine Hand. Ich steckte ihn in den Ausschnitt und rannte wie von der Tarantel gestochen davon.

Gut und schön, sie haben mich geschnappt,

doch erst, nachdem ich der Meute entkommen war und den kleinen Schnatzer freigelassen hatte. Ratsoberhaupt Bragge war sehr zornig und einen Moment lang fürchtete ich, als gehörnte Kröte zu enden, doch glücklicherweise beruhigten ihn seine Berater, und sie verlangten nur zehn Galleonen Bußgeld von mir, weil ich das Spiel gestört hatte. Natürlich habe ich noch nie in meinem Leben zehn Galleonen besessen, also ist das gute alte Haus verloren.

Ich werde bald kommen und bei dir einziehen, zum Glück haben sie mir den Hippogreif gelassen. Und ich sage dir, Pru, Ratsoberhaupt Bragge würde meine Stimme nie bekommen, wenn sie mich denn wählen ließen.

Deine dich liebende Schwester
Modesty

Madam Rabnott mochte mit ihrem kühnen Schritt einen Schnatzer gerettet haben, doch alle konnte sie nicht retten. Ratsoberhaupt Bragge hatte mit seiner Idee das Wesen des Quidditch für immer verändert. Bald wurden bei allen Quidditch-Spielen Goldene Schnatzer freigelassen, und ein Spieler jeder Mannschaft (der Häscher) hatte einzig und allein die Aufgabe, ihn zu fangen. War der Vogel dann getötet, war das Spiel zu Ende und die Mannschaft des

Häschers erhielt zusätzlich einhundertfünfzig Punkte, in Erinnerung an die einhundertfünfzig Galleonen, die Oberhaupt Bragge einst versprochen hatte. Die Menge sorgte mit den von Madam Rabnott erwähnten Abwehrzaubern dafür, dass der Schnatzer über dem Spielfeld blieb.

Mitte des folgenden Jahrhunderts jedoch waren die Goldenen Schnatzer vom Aussterben bedroht, so dass der Magische Rat, den inzwischen die um einiges aufgeklärtere Elfrida Clagg leitete, den Goldenen Schnatzer zur geschützten Art erklärte und sowohl die Jagd auf ihn als auch seinen Gebrauch beim Quidditch verbot. In Somerset wurde das Modesty-Rabnott-Schnatzer-Reservat gegründet, und man suchte händeringend nach einem Ersatz für den Vogel, um das Quidditch selbst nicht aussterben zu lassen.

Die Erfindung des Goldenen Schnatzes wird dem Zauberer Bowman Wright aus Godric's Hollow zugeschrieben. Während die Quidditch-Mannschaften im ganzen Land sich mühten, anstelle des Schnatzers andere Vögel für das Spiel zu finden, machte sich der im Verzaubern von Metallen bewanderte Wright an die Aufgabe, einen Ball zu schaffen, der das Verhalten und die Flugeigenschaften des Schnatzers nachahmte. Dass ihm dies glänzend gelang, geht aus den vielen (heute im Besitz eines Privatsammlers befindlichen) Pergamentrollen aus seinem Nachlass hervor, auf denen er die aus dem ganzen Land eingegangenen Bestellungen notierte. Der Goldene Schnatz, wie Wright seine Erfindung nannte, war ein walnussgroßer Ball von genau demselben Gewicht wie ein Schnatzer. Seine silbrigen Flügel hingen wie die des Schnatzers an voll drehbaren Angeln, die es ihm ermöglichten, wie das Vorbild in Windeseile und mit größter Genauigkeit die Flugrichtung zu wechseln. Im Gegensatz zum Schnatzer jedoch war der Schnatz mit einem Zauber belegt, der ihn in den Grenzen des Spielfelds hielt. Mit der Einführung des Goldenen Schnatzes, so lässt sich sagen, endete die Entwicklung, die dreihundert Jahre zuvor auf Queerditch Marsh begonnen hatte. Quidditch war nun endgültig geboren.

--------------------- 5. Kapitel ---------------------
## Anti-Muggel-Vorkehrungen

Im Jahr 1398 verfasste der Magier Zacharias Mumps die erste umfassende Beschreibung des Quidditch-Spiels. Zuallererst, so betonte er, müsse man sich während des Spiels unbedingt gegen Muggel absichern: »Wählt einsame Moorgebiete weitab von Muggelbehausungen und sorgt dafür, dass man Euch nicht sehen kann, wenn Ihr Euch auf dem

Besen in die Lüfte erhebt. Wenn Ihr ein dauerhaftes Spielfeld einrichten wollt, sind Muggelabwehrzauber nützlich. Auch ist es ratsam, des Nachts zu spielen.«

Dass Mumps' exzellenter Ratschlag nicht immer befolgt wurde, schließen wir aus der Geschichte. Der Magische Rat verbot schon 1362 jedes Quidditch-Spiel im Umkreis von achtzig Kilometern von Städten. Quidditch gewann jedoch so rasch an Beliebtheit, dass der Rat es 1368 für nötig befand, das Verbot auf hundertsechzig Kilometer im Umkreis von Städten auszuweiten. Im Jahre 1419 erließ er schließlich das Dekret mit der inzwischen allseits bekannten Formulierung, Quidditch dürfe »nicht in der Nähe irgendeines Ortes gespielt werden, an dem auch nur die geringste Chance besteht, dass ein Muggel zusieht. Widrigenfalls werden wir uns anschauen, wie gut Ihr spielt, wenn Ihr an eine Kerkermauer gekettet seid«.

Wie jeder Zauberer bereits von Kindesbeinen an weiß, ist die Tatsache, dass wir auf Besen fliegen, unser wohl am schlechtesten gehütetes Geheimnis. Auf keinem Bild, das ein Muggel von einer Hexe malt oder zeichnet, darf ein Besen fehlen, und wie lächerlich diese Darstellungen auch sein mögen (keiner der von den Muggeln abgebildeten Besen könnte sich auch nur eine Sekunde in der Luft halten), sie gemahnen uns doch daran, dass wir jahrhundertelang allzu sorglos waren. So darf es uns nicht überraschen, dass Besen und Magie im Kopf des Muggels unlöslich miteinander verbunden sind.

Angemessene Sicherheitsvorkehrungen wurden erst im Jahre 1692 mit dem Abkommen zur Geheimhaltung der Zauberei durchgesetzt, das jedes Zaubereiministerium unmittelbar für die Folgen Magischer Spiele auf seinem jeweiligen Gebiet verantwortlich machte. In Britannien führte dies zur Bildung der Abteilung für Magische Spiele und Sportarten. Quidditch-Mannschaften, die sich über die Richtlinien des Ministeriums hinwegsetzten, wurden ab diesem Zeitpunkt gezwungen, sich aufzulösen. Am bekanntesten ist der Fall der Banchory Bangers, einer schottischen Mannschaft, die nicht nur für ihr miserables Quidditch berüchtigt war, sondern auch für ihre Feste nach den Spielen. Nach ihrem Spiel gegen die Appleby Arrows im Jahr 1914 (siehe siebtes Kapitel) ließen es die Bangers nicht nur zu, dass ihre Klatscher in die Nacht hinein davonsausten, sondern machten sich auch noch auf, einen Schwarzen Hebriden zu fangen, der ihr Mannschaftsmaskottchen werden sollte. Vertreter des Zaubereiministeriums setzten sie fest, als sie über Inverness hinwegflogen, und die Banchory Bangers spielten nie wieder Quidditch.

In unserer Zeit spielen die Quidditch-Mannschaften nicht in ihren Heimatorten, sondern reisen zu eigens von der Abteilung für Magische Spiele und Sportarten eingerichteten Spielfeldern, die mit angemessenen Vorkehrungen zum Schutz vor Muggeln ausgestattet sind. Wie Zacharias Mumps schon vor sechshundert Jahren durchaus zu Recht empfahl, sind Quidditch-Felder auf abgelegenen Mooren am sichersten.

---

——————— 6. Kapitel ———————

# Der Wandel des Quidditch seit dem vierzehnten Jahrhundert

**Das Spielfeld**

Zacharias Mumps beschreibt das Spielfeld des vierzehnten Jahrhunderts als ein ovales, gut hundertsechzig Meter langes und sechzig Meter breites Gelände mit einem kleinen Kreis (von knapp einem Meter Durchmesser) in der Mitte. Mumps berichtet, dass der Schiedsrichter (oder Quijuror, wie er damals genannt wurde) die vier Bälle in diesen Mittelkreis trug, während sich die vierzehn Spieler um ihn herum aufstellten. Im Moment der Ballfreigabe (der Quaffel wurde vom Schiedsrichter geworfen; siehe unter »Der Quaffel«) schossen die Spieler in

*Abb. C*

21

die Höhe. Zu Mumps' Zeiten bestanden die Tore noch aus großen, auf Stangen angebrachten Körben, wie sie Abb. C zeigt.

Im Jahr 1620 schrieb Quintius Umfraville ein Buch mit dem Titel *Der edle Sport der Zauberer*, das eine Skizze des Spielfelds im siebzehnten Jahrhundert enthält (siehe Abb. D). Wie wir sehen, sind hier inzwischen die »Torräume« hinzugekommen, wie wir sie kennen (siehe unter »Die Regeln«). Die Körbe an der Spitze der Torstangen waren um einiges kleiner und in größerer Höhe angebracht als zu Mumps' Zeiten.

Im Jahr 1883 kamen die Körbe als Tore außer Gebrauch und wurden, wie der *Tagesprophet* damals berichtete, durch die uns heute bekannten Tore ersetzt (siehe dort). Das Quidditch-Feld selbst jedoch hat sich seit damals nicht mehr verändert.

Skizze aus: *Der edle Sport der Zauberer*

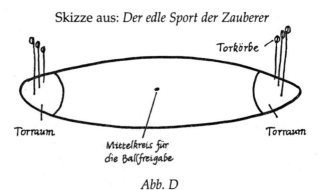

Abb. D

# Wir wollen unsere Körbe wiederhaben!

Dieser Aufschrei war letzte Nacht von Quidditch-Spielern landauf, landab zu hören, als klar wurde, dass die Abteilung für Magische Spiele und Sportarten beschlossen hatte, die seit Jahrhunderten als Tore verwendeten Körbe zu verbrennen.

»Nun mal halblang, wir verbrennen sie nicht«, sagte ein verärgert wirkender Sprecher der Abteilung, den wir gestern Abend um eine Stellungnahme baten. »Wie Sie sicher festgestellt haben, gibt es Körbe unterschiedlicher Größe. Es ist uns nicht gelungen, die Korbgröße zu vereinheitlichen und die Tore in ganz Britannien einander anzugleichen. Sie werden natürlich einsehen, dass es hier um eine Frage der Fairness geht. Beispielsweise gibt es in der Nähe von Barnton eine Mannschaft, die auf den Stangen des gegnerischen Teams winzig kleine Körbe anbringt, in die nicht mal eine Traube reinpasst. Und an ihren eigenen Stangen lassen sie diese großen Weidenkörbe baumeln. So geht es einfach nicht. Wir haben eine bestimmte Ringgröße festgesetzt und damit hat es sich. Alles peinlich genau und gerecht.«

Bei diesen Worten musste der Sprecher einem Hagel von Körben ausweichen, die ihm die im Saal versammelten aufgebrachten Demonstranten entgegenschleuderten. Zwar machte man später für den darauf folgenden Radau Aufpeitscher der Kobolde verantwortlich, doch kann kein Zweifel daran bestehen, dass Quidditch-Fans in ganz Britannien heute Nacht das Ende des Spiels betrauern, wie wir es bisher kannten.

»Ohne Körbe isses einfach nich' mehr datselbe«, meinte ein apfelwangiger alter Zauberer traurig. »Als ich noch jung war, ha'm wir sie während dem Spiel immer angezündet, war 'n Riesenlacher. Das kannst du doch mit Torringen nich' mehr machen. Der ganze Spaß is' futsch.«

*Der Tagesprophet, 12. Februar 1883*

### Die Bälle
*Der Quaffel*

Wie wir aus Gertie Keddles Tagebuch erfahren haben, war der Quaffel bereits in der Anfangszeit aus Leder gefertigt. Als einziger der vier Quidditch-Bälle war der Quaffel ursprünglich nicht verzaubert, sondern ein gewöhnlicher Ball aus Lederflicken, häufig mit einer Schlaufe versehen (siehe Abb. E), da er einhändig gefangen und geworfen werden musste. Einige alte Quaffel haben Fingerlöcher. Mit der Entdeckung der Greifzauber im Jahr 1875 wurden Schlaufen und Fingerlöcher jedoch überflüssig, da der Jäger von nun an in der Lage war, das verzauberte Leder ohne solche Hilfen mit einer Hand zu halten.

ältere Quaffel          heutiger Quaffel

*Abb. E*

Der moderne Quaffel misst dreißig Zentimeter im Durchmesser und ist nahtlos. Er wurde erstmals im Winter 1711 scharlachrot eingefärbt nach einem

Spiel, bei dem er, einmal auf der Erde gelandet, wegen des heftigen Regens vom sumpfigen Boden nicht mehr zu unterscheiden gewesen war. Die Jäger ärgerten sich auch zunehmend, da sie, wenn sie den Quaffel verfehlt hatten, immer nach unten fliegen mussten, um ihn zurückzuholen. Dies brachte die Hexe Daisy Pennifold, kurz nachdem die Farbe des Quaffels geändert worden war, auf die Idee, ihn so zu verhexen, dass er, wenn er schon zur Erde fiel, dies langsam tat, als würde er durch Wasser sinken, damit die Jäger ihn noch in der Luft abfangen konnten. Der »Pennifold-Quaffel« wird auch heute noch verwendet.

### Die Klatscher

Die ersten Klatscher, damals »Blooders« genannt, waren, wie wir gesehen haben, fliegende Steine, und daran hatte sich auch zu Mumps' Zeiten nichts geändert, außer dass sie nun rund wie Bälle waren. Sie hatten jedoch den entscheidenden Nachteil, dass sie mit den magisch verstärkten Schlägern der Treiber im fünfzehnten Jahrhundert zerschmettert werden konnten, und wenn es dazu kam, wurden sämtliche Spieler während der restlichen Spielzeit von fliegenden Gesteinsbrocken verfolgt.

Aus diesem Grund vermutlich begannen einige Quidditch-Mannschaften im frühen sechzehnten Jahrhundert mit metallenen Klatschern zu experimentieren. Agatha Chubb, eine Expertin für alte Zauberutensilien, hat immerhin zwölf bleierne Klatscher aus dieser Periode identifiziert, die in irischen Torfgruben und englischen Mooren entdeckt wurden. Wie sie schreibt, »handelt es sich eindeutig um Klatscher und nicht um Kanonenkugeln«.

> Sichtbar sind die leichten Dellen, verursacht durch die magisch verstärkten Schläger der Treiber, und es ist auch deutlich zu erkennen, dass die Kugeln von einem Zauberer (und nicht von einem Muggel) hergestellt wurden. Auffällig ist die gediegene Verarbeitung und die vollkommen ebenmäßige Form. Ein letzter Beleg war die Tatsache, dass sie, als ich sie aus der Kiste geholt hatte, allesamt in meinem Arbeitszimmer umherflogen und versuchten, mich zu Boden zu schlagen.

Bald jedoch stellte sich heraus, dass Blei zu weich war für die Herstellung von Klatschern (jede Delle beeinträchtige seine Fähigkeit, geradeaus zu fliegen). Heute sind alle Klatscher aus Eisen und haben einen Durchmesser von fünfundzwanzig Zentimetern.

Klatscher sind dergestalt verzaubert, dass sie unterschiedslos alle Spieler jagen. Lässt man sie ungestört, greifen sie den Spieler an, der ihnen am nächsten ist, daher ist es die Aufgabe der Treiber, die

Klatscher so weit wie möglich von ihrer eigenen Mannschaft fortzuschlagen.

### Der Goldene Schnatz

Der Goldene Schnatz ist, wie der Goldene Schnatzer, von der Größe einer Walnuss. Auf dem Schnatz liegt u. a. ein Zauber, der bewirkt, dass er sich möglichst lange Zeit nicht fangen lässt. Einer Legende zufolge entwischte der Goldene Schnatz im Jahr 1884 über Bodmin Moor sechs Monate lang seinen Jägern, so dass beide Mannschaften am Ende empört über die miserable Leistung ihrer Sucher aufgaben.

Ortskundige Zauberer aus Cornwall beteuern, dass der Schnatz noch immer wild auf dem Moor lebt, einen Beweis dafür konnte ich allerdings nicht finden.

## Die Spieler
### Der Hüter

Die Position des Hüters gibt es nachweislich schon seit dem dreizehnten Jahrhundert (siehe viertes Kapitel), doch hat sich seine Rolle seit damals gewandelt. Zacharias Mumps zufolge sollte der Hüter

der Erste sein, der die Torkörbe erreicht, denn es ist seine Aufgabe, den Quaffel von den Körben fernzuhalten. Der Hüter sollte darauf Acht geben, nicht zu weit in Richtung der gegnerischen Seite abzudriften, denn während er fort ist, könnten die eigenen Körbe in Gefahr geraten. Allerdings kann ein Hüter ein Tor erzielen und dann zu seinen Körben zurückkehren, um die andere Mannschaft am Ausgleich zu hindern. Diese Entscheidung liegt im Ermessen des jeweiligen Hüters.

Daraus geht klar hervor, dass die Hüter zu Mumps' Zeiten sich wie Jäger mit zusätzlichen Aufgaben verhielten. Sie durften sich über das ganze Spielfeld bewegen und auch Tore schießen.

Im Jahr 1620 jedoch, als Quintius Umfraville den *Edlen Sport der Zauberer* schrieb, hatte sich die Aufgabe des Hüters bereits vereinfacht. Inzwischen waren die Torräume zum Spielfeld hinzugekommen, und die Hüter waren gehalten, in deren Grenzen zu bleiben und ihre Torkörbe zu bewachen. Sie durften die Torräume jedoch dann verlassen, wenn sie die gegnerischen Jäger einschüchtern oder schon im Vorfeld abwehren wollten.

### Die Treiber

Die Aufgaben der Treiber, die es wahrscheinlich schon seit Einführung der Klatscher gibt, haben sich seit Jahrhunderten kaum verändert. Zunächst und vor allem müssen sie ihre Mannschaftskameraden vor den Klatschern schützen, und dies mit Hilfe ihrer

Schläger (früher Knüppel, siehe Goodwin Kneens Brief im dritten Kapitel). Die Treiber waren nie Torjäger, und es gibt auch keinen Hinweis darauf, dass sie je mit dem Quaffel zu tun gehabt hätten.

Die Treiber benötigen ein gerüttelt Maß an körperlicher Kraft, um die Klatscher wegzuschlagen. Daher spielen seit jeher mehr Zauberer als Hexen auf dieser Position. Treiber brauchen auch einen hervorragenden Gleichgewichtssinn, da sie manchmal beide Hände vom Besen lösen müssen, um einen Klatscher doppelhändig abzuschmettern.

### Die Jäger

Der Jäger ist die älteste Spielerposition im Quidditch, denn das Spiel bestand einst nur im Toreschießen. Die Jäger werfen einander den Quaffel zu und erzielen jedes Mal zehn Punkte, wenn es ihnen gelingt, ihn durch einen gegnerischen Torreifen zu werfen.

Die einzig bedeutende Änderung beim Jagen trat 1884 ein, ein Jahr nachdem die Torkörbe durch Torringe ersetzt worden waren. Ein neue Regel wurde eingeführt, wonach nur der im Besitz des Quaffels befindliche Jäger in den Torraum fliegen durfte. Drangen mehrere Jäger ein, wurde das Tor nicht gegeben. Mit dieser Regel sollte das »Stutschen« unterbunden werden (siehe »Fouls«), bei dem zwei Jäger in den Torraum einflogen, den Hüter zur Seite rammten und den Torring für den dritten Jäger frei-machten. Über die Reaktion auf diese Regel berich-tete die damalige Ausgabe des *Tagespropheten*:

# Unsere Jäger mogeln nicht!

Mit diesen Worten protestierten verblüffte Quid-ditch-Fans in ganz Britannien, als die Abteilung für Magische Spiele und Sportarten gestern Abend die Einführung der so genannten »Stut-schen-Strafe« ankündigte.

»Das Stutschen hat sich in letzter Zeit ge-häuft«, erklärte gestern Abend ein zermürbt wir-kender Sprecher der Abteilung. »Wir glauben, dass mit dieser neuen Regel die schweren Verletzungen von Torhütern künftig vermieden werden können, die wir allzu oft mit ansehen mussten. Von nun an wird nur noch ein Jäger ver-suchen, den Hüter zu schlagen, während es bis-her üblich war, dass drei Jäger den Hüter zusam-menschlugen. Alles wird sich viel sauberer und fairer abspielen.«

Bei diesen Worten war der Sprecher gezwun-gen, die Flucht zu ergreifen, da die wütende Men-ge ihn mit Quaffeln zu bombardieren begann. Zauberer der Abteilung für Magische Strafver-folgung griffen ein und zerstreuten die Menge, die damit drohte, den Zaubereiminister persönlich zu stutschen.

Ein sommersprossiger Sechsjähriger verließ den Saal in Tränen aufgelöst.

»Ich hab Stutschen immer so gemocht«, schluchzte er gegenüber dem Berichterstatter des *Tagespropheten*. »Mein Dad und ich schauen so gern zu, wie sie die Hüter platt machen. Aber jetzt hab ich überhaupt keine Lust mehr auf Quidditch.«

*Der Tagesprophet*, 22. Juni 1884

## Der Sucher

Zumeist die leichtesten und schnellsten Flieger, brauchen die Sucher sowohl scharfe Augen als auch die Fähigkeit, einhändig oder freihändig zu fliegen. Aufgrund ihrer immensen Bedeutung für das Spielergebnis – mit dem Fang des Schnatzes reißen sie ja so oft noch den Sieg aus den Klauen der Niederlage – werden die Sucher wohl am häufigsten von den Gegnern gefoult. Daher ist mit der Rolle des Suchers zwar beträchtlicher Ruhm verbunden, denn sie sind traditionell die besten Flieger auf dem Feld, andererseits tragen diese Spieler auch die übelsten Verletzungen davon. »Macht den Sucher platt« ist die erste Regel in Brutus Scrimgeours *Treiberfibel*.

## Die Regeln

Die folgenden Regeln wurden von der Abteilung für Magische Spiele und Sportarten schon bei ihrer Gründung im Jahr 1750 festgelegt:

1. Während für die Höhe, auf die ein Spieler während des Spiels steigen darf, keine Obergrenze bestimmt wird, darf er oder sie nicht über die Spielfeldbegrenzungen hinausfliegen. Fliegt ein Spieler über die Auslinie, muss er oder sie den Quaffel an die gegnerische Mannschaft abtreten.
2. Der Mannschaftskapitän kann durch Zeichen an den Schiedsrichter eine »Auszeit« verlangen. Nur

während dieser Auszeit dürfen die Füße der Spieler den Boden berühren. Die Auszeit kann bis zu zwei Stunden dauern, wenn schon länger als zwölf Stunden gespielt wurde. Kommt eine Mannschaft nach zwei Stunden nicht vollzählig aufs Spielfeld zurück, wird sie disqualifiziert.

3. Der Schiedsrichter kann gegen eine Mannschaft Freiwürfe verhängen. Der Jäger, welcher den Freiwurf ausführt, fliegt vom Mittelkreis zum Torraum. Alle Spieler außer dem gegnerischen Hüter müssen während des Freiwurfs deutlichen Abstand halten.

4. Der Quaffel darf dem Griff eines anderen Spielers entwunden werden, doch unter keinen Umständen darf ein Spieler irgendeinen Körperteil eines anderen Spielers umklammern.

5. Bei Verletzungen wird der betroffene Spieler nicht ersetzt. Die Mannschaft spielt ohne den verletzten Spieler weiter.

6. Zauberstäbe können aufs Spielfeld mitgenommen werden,[2] dürfen jedoch unter keinerlei Umständen gegen die Spieler der anderen Mannschaft, einen ihrer Besen, den Schiedsrichter, irgendwelche Bälle oder einen Zuschauer eingesetzt werden.

---

[2] Das Recht, einen Zauberstab zu tragen, wurde von der Internationalen Zauberervereinigung im Jahre 1692 erlassen, zu einer Zeit, da die Verfolgung durch die Muggel ihren Höhepunkt erreicht hatte und die Zauberer bereits ihren Rückzug ins Verborgene planten.

7. Ein Quidditch-Spiel endet erst dann, wenn der Goldene Schnatz gefangen ist, oder aber im beiderseitigen Einverständnis der Mannschaftskapitäne.

## Fouls

Regeln sind natürlich dazu da, »um gebrochen zu werden«. In den Unterlagen der Abteilung für Magische Spiele und Sportarten sind siebenhundert verschiedene Quidditch-Fouls aufgezählt, und bekanntlich wurde jedes einzelne davon im Endspiel der ersten Weltmeisterschaft von 1473 begangen. Die vollständige Liste dieser Fouls wurde der Zaubereröffentlichkeit jedoch nie zugänglich gemacht. Nach Ansicht der Abteilung könnten Hexen und Zauberer, welche diese Liste einsehen, »auf krumme Gedanken kommen.«

Ich hatte das Glück, diese Dokumente im Zuge meiner Recherchen einsehen zu dürfen, und kann bestätigen, dass von ihrer Veröffentlichung keinerlei Nutzen für die Allgemeinheit zu erwarten ist. Ohnedies sind neunzig Prozent der dort aufgeführten Fouls unmöglich, solange das (1538 erlassene) Verbot des Einsatzes von Zauberstäben aufrechterhalten wird. Von den verbleibenden zehn Prozent kann mit Fug und Recht gesagt werden, dass die meisten nicht einmal dem heimtückischsten Spieler in den Sinn kommen würden. Nehmen wir nur einmal »Anzünden des Besenschweifs eines Gegners«, »Angriff auf den Besen des Gegners mit einem Knüppel« oder »Angriff auf einen Gegner mit der Axt«. Das soll nicht heißen, dass heutige Quidditch-Spieler nie die Regeln brechen. Zehn häufig begangene Fouls seien hier aufgezählt. Der Fachbegriff für jedes Foul ist in der ersten Spalte genannt.

| Bezeichnung | Gilt für | Beschreibung |
| --- | --- | --- |
| Flacken | Nur Hüter | Irgendeinen Teil des eigenen Körpers durch den Torreifen stecken, um den Quaffel herauszuschlagen. Der Torring soll von vorn und nicht von hinten bewacht werden. |
| Keilen | Alle Spieler | Fliegen in der Absicht, mit einem Gegner zusammenzustoßen. |
| Kollern | Alle Spieler | Besenstiele blockieren, um den Gegner vom Kurs abzubringen. |
| Nachtarocken | Nur Jäger | Hand noch am Quaffel, während er durch den Torring befördert wird (der Quaffel muss geworfen werden). |
| Pfeffern | Nur Treiber | Den Klatscher in die Zuschauermenge schlagen, um eine Spielunterbrechung zu erzwingen, da die Funktionäre eingreifen müssen, |

| | | um die Zuschauer zu schützen. Gelegentlich von skrupellosen Spielern eingesetzt, um einen gegnerischen Jäger am Torwurf zu hindern. |
|---|---|---|
| Quaffelpicken | Nur Jäger | Der Quaffel wird auf irgendeine Art verändert, z. B. durchstochen, damit er schneller fällt oder im Zickzack fliegt. |
| Rempeln | Alle Spieler | Überzogener Einsatz der Ellbogen gegen andere Spieler. |
| Schnatzeln | Alle Spieler außer Suchern | Ein Spieler, der nicht Sucher ist, berührt den Goldenen Schnatz. |
| Stutschen | Nur Jäger | Mehr als ein Jäger fliegt in den Torraum. |
| Zockeln | Alle Spieler | Den Besenschweif des Gegners packen, um ihn zu bremsen oder zu behindern. |

### Der Schiedsrichter

Schiedsrichter bei einem Quidditch-Spiel zu sein war früher eine nur den mutigsten Hexen und Zauberern vorbehaltene Aufgabe. Zacharias Mumps berichtet von einem Schiedsrichter aus Norfolk namens Cyprian Youdle, der 1357 bei einem Freundschaftsspiel zwischen ortsansässigen Zauberern zu Tode kam. Der Urheber des Fluchs wurde nie gefasst, doch nimmt man an, dass er sich in der Zuschauermenge befand. Zwar gab es seither keinen nachgewiesenen Schiedsrichtermord mehr, doch im Lauf der Jahrhunderte kam es zu mehreren Fällen von Besenbeeinflussung, deren gefährlichste Spielart die Verwandlung des Schiedsrichterbesens in einen Portschlüssel ist. Dies hat zur Folge, dass der oder die Betreffende mitten im Spiel fortgerissen wird und Monate später in der Sahara wieder auftaucht. Die Abteilung für Magische Spiele und Sportarten hat strenge Sicherheitsrichtlinien für Spieler- und Schiedsrichterbesen erlassen, und zum Glück sind solche Vorfälle inzwischen selten geworden.

Der tüchtige Quidditch-Schiedsrichter muss mehr sein als ein erfahrener Flieger. Er oder sie muss die Possen und Streiche von vierzehn Spielern auf einmal beobachten, weshalb die häufigste Verletzung von Schiedsrichtern eine Halsverrenkung ist. Bei Profispielen wird der Schiedsrichter von zwei Funktionären unterstützt, die an der Auslinie stehen und dafür sorgen, dass weder Spieler noch Bälle über die Begrenzung fliegen.

In Britannien werden die Quidditch-Schiedsrichter von der Abteilung für Magische Spiele und Sportarten ausgewählt. Sie müssen strenge Flugprüfungen und ein gründliches schriftliches Examen über die Regeln des Quidditch ablegen. Zudem müssen sie bei einer Reihe von Probespielen, bei denen es hart auf hart zugeht, den Beweis dafür erbringen, dass sie selbst unter starkem Druck keine offensiven Spieler verhexen oder verfluchen.

——————————— 7. Kapitel ———————————

# Quidditch-Mannschaften Britanniens und Irlands

Da es notwendig war, Quidditch vor den Muggeln zu verheimlichen, musste die Abteilung für Magische Spiele und Sportarten auch die Zahl der jährlich ausgetragenen Partien begrenzen. Während Spiele von Amateuren erlaubt sind, solange die entsprechenden Richtlinien eingehalten werden, schränkte man bei der Gründung der Liga 1674 die Zahl der Profimannschaften im Quidditch ein. Damals wurden die dreizehn besten Quidditch-Mannschaften in Britannien und Irland als Mitglieder der Liga ausgewählt, während alle anderen aufgefordert wurden, sich aufzulösen. Die dreizehn Mannschaften spielen seither jährlich um den Ligapokal.

## Appleby Arrows

Diese nordenglische Mannschaft wurde 1612 gegründet. Ihre blassblauen Umhänge sind mit einem silbernen Pfeil geschmückt. Die Arrows-Fans werden der Auffassung sicher zustimmen, dass die größte Ruhmestat ihrer Mannschaft der Sieg von 1932 über die damaligen Europameister Vratsa Vultures war, in einem Spiel, das bei dichtem Nebel und Regen sechzehn Tage dauerte. Der alte Brauch der Klubanhänger, jedes Mal, wenn ihre Jäger einen Treffer erzielten, Pfeile aus ihren Zauberstäben in die Luft zu schießen, wurde 1894 von der Abteilung für Magische Spiele und Sportarten verboten, nachdem eines dieser Geschosse dem Schiedsrichter Nugent Potts die Nase glatt durchbohrt hatte. Traditionell herrscht zwischen den Arrows und den Wimbourner Wespen eine erbitterte Rivalität (siehe dort).

### Ballycastle Bats

Die meistgefeierte Quidditch-Mannschaft Nordirlands hat die Quidditch-Meisterschaft bislang siebenundzwanzigmal gewonnen und ist damit die zweiterfolgreichste Mannschaft in der Geschichte der Liga. Die Bats tragen schwarze Umhänge mit einer scharlachroten Fledermaus quer über der Brust. Ihr berühmtes Maskottchen Barny der Flederhund ist zudem weithin aus der Butterbier-Werbung bekannt (Barny sagt: »Am liebsten bade ich in Butterbier!«).

### Caerphilly Catapults

Die walisischen Catapults, gegründet 1402, tragen

längs gestreifte, hellgrün-scharlachrote Umhänge. Ihre beeindruckende Vereinsgeschichte weist neben achtzehn Meisterschaften auch einen sagenhaften Triumph bei der Europameisterschaft von 1956 auf, als sie die norwegischen Karasjok Kites schlugen. Das tragische Ableben ihres berühmtesten Spielers »Dangerous« Dai Llewellyn, der während eines Urlaubs auf Mykonos von einer Chimära gefressen wurde, war der Anlass zur Einführung eines nationales Trauertages für die walisischen Hexen und Zauberer. Die Dangerous-Dai-Gedenkmedaille wird nun zum Ende jeder Spielzeit demjenigen Ligaspieler verliehen, der die aufregendsten und tollkühnsten Flugmanöver während eines Ligaspiels ausgeführt hat.

### Chudley Cannons

Die großen Tage der Chudley Cannons gehören der Vergangenheit an, werden viele denken, doch ihre treuen Fans leben in der Hoffnung auf neue glanzvolle Zeiten. Die Cannons haben die Meisterschaft einundzwanzigmal gewonnen, das letzte Mal allerdings 1892, und ihre Leistungen im darauf folgenden Jahrhundert waren eher bescheiden. Die Chudley Cannons tragen hell orangerote Umhänge mit einer fliegenden Kanonenkugel und einem doppelten C in Schwarz auf der Brust. Der Wahlspruch des Klubs wurde 1972 geändert und lautet nicht mehr

»Wir werden siegen!«, sondern »Drücken wir mal die Daumen und hoffen das Beste.«

## Falmouth Falcons

Die Falcons tragen dunkelgrau-weiße Umhänge mit einem Falkenkopfemblem auf der Brust. Bekannt sind sie für ihre harte Spielweise, und diesen Ruf haben ihre weltberühmten Treiber Kevin und Karl Broadmoor, die von 1958 bis 1969 für den Klub spielten, weiter gefestigt. Ihre Auftritte trugen ihnen immerhin vierzehn Sperren durch die Abteilung für Magische Spiele und Sportarten ein. Klubmotto: »Lasst uns siegen, und wenn nicht, lasst uns Schädel spalten.«

## Holyhead Harpies

Die Holyhead Harpies sind ein sehr alter (1203 gegründeter) walisischer Klub, in dem, einzigartig unter den Quidditch-Mannschaften der Welt, ausschließlich Hexen spielen dürfen. Die Umhänge der Harpies sind dunkelgrün mit einer goldenen Klaue über der Brust. Der Sieg der Harpies über die Heidelberg Harriers (Heidelberger Wandalen) im Jahr 1953 gilt weithin als eines der besten Quidditch-Spiele, die je zu sehen waren. Sieben Tage lang kämpften die beiden Mannschaften, bis die Sucherin der Harpies, Glynnis Griffiths, das Spiel mit einem spektakulären Schnatz-Fang beendete. Seither erzählt man sich immer wieder, dass der Kapitän der Wandalen, Rudolf Brand, anschließend von seinem Besen stieg und seiner Gegenspielerin Gwendolyn Morgan einen Heiratsantrag machte, die ihm jedoch mit ihrem Sauberwisch Fünf eins über den Scheitel zog.

## Kenmare Kestrels

Diese irische Mannschaft wurde 1291 gegründet und ist weltweit beliebt für die schmissigen Auftritte ihrer Leprechan-Maskottchen und das vollendete Harfenspiel ihrer Anhänger. Die Kestrels (Turmfalken) tragen smaragdgrüne Umhänge mit zwei Rücken an Rücken stehenden Ks auf der Brust. Darren O'Hare, der Torhüter der Kestrels von 1947 bis 1960, war dreimal Kapitän der irischen Nationalmannschaft; ihm gebührt auch das Verdienst, die Falkenkopf-Angriffsformation für Jäger erfunden zu haben (siehe 10. Kapitel).

## Montrose Magpies

Die Magpies (Elstern) sind mit dreiunddreißig gewonnenen Meisterschaften die erfolgreichste Mannschaft in der Geschichte der britisch-irischen Liga. Als zweimalige Europameister haben sie zudem Fans rund um den Globus. Zu ihren vielen herausragenden Spielern zählen der Sucher Eunice Murray (gestorben 1942), der einst einen »schnelleren Schnatz« forderte, weil ihm das Ganze sonst »einfach zu leicht« sei, und Hamish MacFarlan (Kapitän 1957-1968), der seiner erfolgreichen Karriere als Quidditch-Spieler eine nicht minder glanzvolle Zeit als Chef der Abteilung für Magische Spiele und Sportarten folgen ließ. Die Magpies tragen schwarzweiße Umhänge mit einer Elster auf der Brust und auf dem Rücken.

### Pride of Portree

Diese Mannschaft (Stolz von Portree) stammt von der Isle of Skye, wo der Verein 1292 gegründet wurde. Die »Prides«, wie ihre Fans sie nennen, tragen Umhänge in sattem Purpurrot mit einem goldenen Stern auf der Brust. Ihre berühmte Jägerin Catriona McCormack führte die Mannschaft in den sechziger Jahren als Kapitän zweimal zum Titelgewinn und spielte sechsunddreißigmal für Schottland. Ihre Tochter Meaghan spielt gegenwärtig als Hüterin in der Mannschaft. (Ihr Sohn Kirley ist Leadgitarrist der beliebten Zaubererband *Schwestern des Schicksals*.)

### Puddlemere United

Gegründet im Jahr 1163 ist Puddlemere United (Eintracht Pfützensee) die älteste Mannschaft der Liga. Puddlemere kann stolz auf zweiundzwanzig Ligameisterschaften und zwei Triumphe in der Europameisterschaft zurückblicken. Die Mannschaftshymne »Klatscht den Klatscher, Jungs, und kommt rüber mit dem Quaffel« wurde vor kurzem von der singenden Zauberin Celestina Warbeck aufgenommen, um Spenden für das St.-Mungo-Hospital für Magische Krankheiten und Verletzungen zu sammeln. Die Spieler von Puddlemere tragen marineblaue Umhänge mit zwei überkreuzten goldenen Binsen als Klubwappen.

### Tutshill Tornados

Die Tornados tragen himmelblaue Umhänge mit einem Doppel-T in Dunkelblau auf der Brust und auf dem Rücken. Im Jahr 1520 gegründet, erlebten die Tornados ihre erfolgreichste Zeit Anfang des zwanzigsten Jahrhunderts, als sie mit ihrem Kapitän, dem Sucher Roderick Plumpton, fünfmal in Folge den Ligapokal gewannen und damit einen britisch-irischen Rekord aufstellten. Roderick Plumpton spielte zweiundzwanzigmal als Sucher für England und hält den britischen Rekord für den schnellsten Fang eines Schnatzes während eines Spiels (in nur dreieinhalb Sekunden, gegen die Caerphilly Catapults 1921).

### Wigtown Wanderers

Dieser Klub aus dem englisch-schottischen Grenzland wurde 1422 von den sieben Kindern des Zauberers Walter Parkin, eines Metzgers, gegründet. Die vier Brüder und drei Schwestern waren nach allem, was man weiß, ein stattliches Team, das kaum ein Spiel verlor, angeblich auch deshalb, weil der Anblick von Walter, der mit einem Zauberstab in der einen und einem Fleischerbeil in der anderen Hand am Spielfeldrand stand, die gegnerischen Mannschaften einschüchterte. Nachkommen der Parkins tauchten im Lauf der Jahrhunderte immer wieder bei den Wigtown Wanderers auf, und zum Gedenken an den Mannschaftsgründer tragen die Spieler blutrote Umhänge mit einem silbernen Fleischerbeil auf der Brust.

## Wimbourne Wasps

Die Wimbourne Wasps (Wimbourner Wespen) tragen quer gestreifte gelb-schwarze Umhänge mit einer Wespe auf der Brust. Gegründet im Jahr 1312, waren die Wespen seither achtzehnmal Ligameister und zweimal Halbfinalteilnehmer bei der Europameisterschaft. Der Legende nach verdanken sie ihren Namen einem hässlichen Zwischenfall, der sich während eines Spiels gegen die Appleby Arrows im siebzehnten Jahrhundert zutrug. Ein Treiber flog an einem Baum am Rand des Spielfelds vorbei, bemerkte ein Wespennest in den Ästen und schleuderte es gegen den Sucher der Arrows, der so übel zerstochen wurde, dass er nicht mehr weiterspielen konnte. Wimbourne gewann und entschied sich daraufhin für die Wespe als Maskottchen. Die Fans der Wespen (auch als »Stecher« bezeichnet) beginnen traditionsgemäß laut zu summen, wenn die gegnerischen Jäger Freiwürfe ausführen.

---

## 8. Kapitel

# Die weltweite Verbreitung des Quidditch

### Europa

Quidditch hatte sich im vierzehnten Jahrhundert in Irland recht gut durchgesetzt, wie aus Zacharias Mumps' Schilderung eines Spiels von 1385 hevorgeht: »Eine Mannschaft von Zauberern aus Cork flog zu einem Spiel nach Lancashire hinüber und stieß das örtliche Publikum vor den Kopf, indem es dessen Helden klar und deutlich schlug. Die Iren beherrschten Tricks mit dem Quaffel, die man in Lancashire noch nie gesehen hatte, und mussten in Todesangst aus dem Dorf fliehen, als die Zuschauer ihre Zauberstäbe zückten und die Jagd auf sie eröffneten.«

Verschiedenen Quellen zufolge breitete sich das Spiel Anfang des fünfzehnten Jahrhunderts auch auf andere Teile Europas aus. Wir wissen, dass Norwegen schon früh dem Quidditch verfiel (hatte womöglich Goodwin Kneens Vetter Olaf das Spiel dort eingeführt?), da der Dichter Ingolfr der Jambische bereits um 1400 folgende Zeilen schrieb:

> O Lust der Jagd, wenn ich durch die Lüfte
>   fahre,
> Den Schnatz vor mir und den Wind im
>   Haare,
> Ich komm immer näher, die Menge schreit
>   auf,
> Doch dann kommt ein Klatscher und mein
>   Geist geht drauf.

Ebenfalls um diese Zeit schrieb der französische Zauberer Malécrit die folgenden Zeilen in seinem Stück *Hélas, j'ai transfiguré mes pieds* (Ach, ich habe meine Füße verwandelt!):

> GRENOUILLE: Ich kann heute nicht mit dir zum
>   Markte gehen, Crapaud.
> CRAPAUD: Aber Grenouille, ich kann die Kuh
>   nicht alleine tragen.
> GRENOUILLE: So wisse denn, Crapaud, dass ich
>   heute Morgen der Hüter sein muss. Wer soll
>   den Quaffel aufhalten, wenn nicht ich?

Im Jahr 1473 fand die erste Quidditch-Weltmeisterschaft statt, allerdings nahmen nur europäische

Mannschaften an ihr teil. Dass außereuropäische Mannschaften nicht erschienen, liegt möglicherweise daran, dass die Eulen mit den Einladungsbriefen unterwegs zusammenbrachen, dass die Eingeladenen zögerten, eine so lange und gefährliche Reise anzutreten oder es einfach vorzogen, zu Hause zu bleiben.

Das Finale zwischen Transsilvanien und Flandern ist als das gewalttätigste Spiel aller Zeiten in die Geschichte eingegangen, und viele der damals verzeichneten Fouls hatte man vorher und nachher nicht wieder gesehen – etwa die Verwandlung eines Jägers in einen Iltis, die versuchte Enthauptung eines Hüters mit einem Breitschwert und die Freilassung von hundert unter dem Umhang des transsilvanischen Kapitäns verborgenen blutsaugenden Vampirfledermäusen.

Die Weltmeisterschaft findet seither alle vier Jahre statt, doch erst im siebzehnten Jahrhundert erschienen auch nichteuropäische Mannschaften zum Wettbewerb. Im Jahr 1652 wurde die Europameisterschaft für Vereinsmannschaften eingeführt und findet seither alle drei Jahre statt.

Unter den vielen ausgezeichneten europäischen Mannschaften sind die bulgarischen *Vratsa Vultures* die wohl berühmteste. Als siebenmalige Europameister gehören die Vratsa Vultures zweifellos zu den begeisterndsten Teams, die weltweit zu sehen sind. Sie sind die Wegbereiter des »langen« Tors (Wurf von weit außerhalb des Torraums) und immer bereit, neuen Spielern die Chance zu geben, sich einen Namen zu machen.

In Frankreich sind die oftmaligen Ligameister *Quiberon Quafflepunchers* berühmt für ihr extravagantes Spiel, und nicht weniger für ihre grellrosa Umhänge. In Deutschland finden wir die *Heidelberg Harriers (Heidelberger Wandalen)*, jene Mannschaft, die der irische Kapitän Darren O'Hare einst mit den inzwischen berühmten Worten »wilder denn ein Drache und doppelt so gerissen« charakterisierte. Luxemburg, schon immer eine starke Quidditch-Nation, verdanken wir die *Bigonville Bombers*, die für ihre offensive Strategie gefeiert werden und eine der torgefährlichsten Mannschaften überhaupt sind. Das portugiesische Team *Braga Bromfleet* hat erst jüngst mit seinem bahnbrechenden Treiber-Deckungssystem den Durchbruch in die Reihe der Spitzenmannschaften geschafft, und die polnischen *Grodzisk Goblins* haben uns den wohl ideenreichsten Sucher der Welt, Josef Wronski, geschenkt.

## Australien und Neuseeland

Quidditch wurde während des siebzehnten Jahrhunderts in Neuseeland eingeführt, angeblich von einer Gruppe europäischer Kräuterkundler, die dort eine Expedition zur Erforschung magischer Pflanzen und Pilze unternahmen. Wie es heißt, hätten diese Hexen und Zauberer nach einem langen, mit dem Sammeln von Proben verbrachten Tag, einfach Dampf ablassen wollen und schließlich unter den amüsierten Blicken der ortsansässigen magischen Gemeinschaft eine Partie Quidditch begonnen. Der neuseeländische Zaubereiminister hat gewiss mit viel Zeit und Geld zu verhindern gesucht, dass Kunstgegenstände der Maori aus jener Zeit, die eindeutig Zauberer beim Quidditch zeigen, in die Hände von Muggeln gelangten (diese Plastiken und Malereien sind heute im Zaubereiministerium in Wellington ausgestellt).

Während des achtzehnten Jahrhunderts dann soll sich Quidditch auch in Australien verbreitet haben. Und Australien ließe sich angesichts der immensen Weiten des unbewohnten Outbacks, das viel Platz für Quidditch-Felder bietet, als das ideale Land für dieses Spiel bezeichnen.

Mannschaften von Downunder faszinieren die europäischen Zuschauer immer wieder mit ihrer Schnelligkeit und ihrem Showtalent. Zu den besten zählen die *Moutohora Macaws* (Neuseeland) mit ihren berühmten rot-gelb-blauen Umhängen und ihrem Phönix-Maskottchen Sparky. Die *Thundelarra Thunderers* und die *Woollongong Warriors* beherrschen die australische Liga schon seit fast einem Jahrhundert. Ihre Rivalität ist in der magischen

Gemeinschaft Australiens bereits derart legendär, dass eine beliebte Antwort auf eine an den Haaren herbeigezogene Behauptung oder eine Prahlerei lautet: »Klar, und ich melde mich dann freiwillig als Schiedsrichter für das nächste Spiel Thunderers gegen Warriors.«

## Afrika

Vermutlich waren es europäische Zauberer und Hexen, die den Besenstiel in Afrika einführten, während sie den Kontinent auf der Suche nach alchemistischem und astronomischem Wissen durchstreiften. In diesen Künsten waren die afrikanischen Zauberer immer schon besonders bewandert. Obwohl noch nicht ganz so weit verbreitet wie in Europa, gewinnt Quidditch auf dem gesamten afrikanischen Kontinent immer mehr Anhänger.

Namentlich Uganda tritt als ehrgeizige Quidditch-Nation hervor. Der bedeutendste ugandische Klub, die *Patonga Proudsticks*, rang den Montrose Magpies 1986 zur Verblüffung fast der gesamten Quidditch spielenden Welt ein Unentschieden ab. Sechs Spieler der Proudsticks vertraten Uganda bei der letzten Quidditch-Weltmeisterschaft; noch nie hatten so viele Flieger eines einzigen Klubs für eine Nationalmannschaft gespielt. Andere afrikanische Mannschaften sind die *Tchamba Charmers* (Togo), Meister des Rückpasses, die *Gimbi Giant-Slayers*

(Äthiopien), zweimalige Gewinner des Panafrika-Cups, und die *Sumbawanga Sunrays* (Tansania), ein äußerst populäres Team, dessen Loopingformationen die Zuschauer auf der ganzen Welt in helle Begeisterung versetzen.

## Nordamerika

Quidditch gelangte im frühen siebzehnten Jahrhundert auf den nordamerikanischen Kontinent, doch aufgrund der erbitterten Abneigung gegen die Zauberei, die leider gleichzeitig von Europa aus herüberschwappte, fasste das Spiel nur allmählich Fuß. Die große Vorsicht der magischen Siedler, von denen viele gehofft hatten, in der Neuen Welt auf weniger Vorurteile zu stoßen, wirkte sich in der Anfangszeit eher hemmend auf die Verbreitung des Spiels aus.

Später allerdings hat uns Kanada drei der stärksten Quidditch-Mannschaften der Welt geschenkt: die *Moose Jaw Meteorites*, die *Haileybury Hammers* und die *Stonewall Stormers*. Den Meteorites drohte in den siebziger Jahren die Auflösung des Klubs, da sie es einfach nicht lassen konnten, nach den Spielen noch ein paar Ehrenrunden über benachbarte Städte und Dörfer zu fliegen und glitzernde Funkenspuren aus ihren Besenschweifen am Himmel zu hinterlassen. Inwischen beschränkt die Mannschaft diese Art von Traditionspflege auf das Spielfeld und so sind die Spiele der Meteorites auch heute noch eine grandiose Attraktion für magische Touristen.

Die Vereinigten Staaten haben nicht so viele Weltklassemannschaften im Quidditch hervorgebracht wie andere Länder, denn das Spiel musste mit dem amerikanischen Besenspiel Quodpot konkurrieren. Quodpot, eine Variante des Quidditch, wurde im achtzehnten Jahrhundert von dem Zauberer Abraham Peasegood erfunden, der aus der Alten Welt einen Quaffel mitgebracht hatte und eigentlich eine Quidditch-Mannschaft zusammenstellen wollte.

Der Legende nach kam Peasegoods Quaffel im Koffer dann versehentlich mit der Spitze seines Zauberstabs in Berührung, so dass er, als Peasegood ihn schließlich herausnahm und ganz lässig ein wenig umherwerfen wollte, explodierte und Peasegood fast die Nase abgerissen hätte. Peasegood, offenbar mit einem unerschütterlichen Sinn für Humor ausgestattet, machte sich prompt daran, das Gleiche noch einmal mit ein paar Lederbällen auszuprobieren, und bald war der Gedanke an Quidditch völlig vergessen: Er und seine Freunde entwickelten ein Spiel, das sich um die explosiven Eigenschaften des nun »Quod« getauften Balles drehte.

Im Quodpot gibt es elf Spieler in jeder Mannschaft. Sie werfen sich den Quod, den abgewandelten Quaffel, gegenseitig zu und versuchen ihn, bevor er explodiert, in den »Pott« am Ende des Spielfelds zu befördern. Wer als Spieler gerade im Quodbesitz ist, wenn dieser explodiert, muss das Feld verlassen. Sobald der Quod sicher im »Pott« ist (ein kleiner Kessel mit einer Lösung, die den Quod am Explodieren hindert), erhält die Mannschaft des erfolgreichen Schützen einen Punkt und ein neuer Quod wird ins Spiel gebracht. Quodpot hatte in Europa einen gewissen Liebhabererfolg, doch die große Mehrheit der Zauberer bleibt dem Quidditch treu.

Trotz der Reize des rivalisierenden Quodpot erfreut sich das Quidditch in den Vereinigten Staaten zunehmender Beliebtheit. In jüngerer Zeit schafften zwei Mannschaften den Durchbruch auch auf internationaler Ebene: die *Sweetwater All-Stars* aus Texas, die 1933 nach einem nervenaufreibenden Fünftage-Match den wohlverdienten Sieg über die Quiberon Quafflepunchers davontrugen; und die *Fitchburg Finches* aus Massachusetts, die siebenmal den US-Ligapokal gewannen und deren Sucher Maximus Brankovitch III. bei den letzten beiden Weltmeisterschaften Kapitän der US-amerikanischen Mannschaft war.

### Südamerika

Quidditch wird in ganz Südamerika gespielt, obwohl es wie im Norden mit dem beliebten Quodpot konkurrieren muss. Argentinien wie auch Brasilien erreichten im vergangenen Jahrhundert das Viertelfinale bei einer Weltmeisterschaft. Die zweifellos viel versprechenste Quidditch-Nation in Südamerika ist Peru; die Spatzen pfeifen es inzwischen von den Dächern, dass die peruanische Mannschaft innerhalb der nächsten zehn Jahre erstmals den Weltmeistertitel nach Lateinamerika holen wird. Man vermutet, dass die peruanischen Zauberer mit dem Quidditch in Berührung kamen, als die Internationale Zauberervereinigung europäische Zauberer ins Land schickte, um den dortigen Viperzahn-Bestand (in Peru heimische Drachen) zu kontrollieren. Seither ist die peruanische Zauberergemeinschaft ins Quidditch geradezu vernarrt, und die berühmteste Mannschaft des Landes, die *Tarapoto Tree-Skimmers*, unternahm vor kurzem eine sehr erfolgreiche Europatournee.

## Asien

Quidditch hat im Orient nie größere Beliebtheit erlangt, da der fliegende Besen in den Ländern, in denen der Teppich immer noch das bevorzugte Flugmittel ist, nur selten zu finden ist. Die Zaubereiministerien in Ländern wie Indien, Pakistan, Bangladesch, Iran und der Mongolei, die alle einen florierenden Handel mit fliegenden Teppichen betreiben, betrachten Quidditch mit einem gewissen Argwohn, und doch hat der Sport einige Anhänger unter den Hexen und Zauberern von der Straße.

Ausnahme von dieser Regel ist Japan, wo das Quidditch während des letzten Jahrhunderts stetig an Beliebtheit gewonnen hat. Die erfolgreichste japanische Mannschaft, die *Toyohashi Tengu*, verfehlte 1994 nur knapp den Sieg über die Gorodok Gargoyles aus Litauen. Der japanische Brauch, im Falle einer Niederlage die eigenen Besen feierlich in Brand zu setzen, wird jedoch vom Quidditch-Ausschuss der Internationalen Zauberervereinigung stirnrunzelnd als Verschwendung guten Holzes betrachtet.

———————— 9. Kapitel ————————

# Die Entwicklung des Rennbesens

Bis zum frühen neunzehnten Jahrhundert wurde Quidditch auf haushaltsüblichen Besen unterschiedlicher Qualität gespielt. Diese Besen stellten bereits einen gewaltigen Fortschritt gegenüber ihren mittelalterlichen Vorläufern dar; die Erfindung des Polsterungszaubers durch Elliot Smethwyck im Jahr 1820 war ein bedeutender Schritt und machte das Besenreiten so bequem wie nie zuvor (siehe Abb. F). Und dennoch, die Besen des neunzehnten Jahrhunderts erreichten zumeist keine nennenswerten Geschwindigkeiten und waren in großer Höhe oft schwer zu beherrschen. Die meisten Besen wurden von einzelnen Besenmachern von Hand gefertigt und waren sicherlich bewundernswert gestaltet und handwerklich gediegen, doch ihre Leistung entsprach nur selten ihrem schönen Äußeren.

*Wirkung des Polsterungszaubers (unsichtbar)*

*Abb. F*

Ein Beispiel dafür ist der *Eichschaft 79* (so genannt, weil das erste Exemplar 1879 hergestellt wurde). Aus der Hand des Besenmachers Elias Grimstone aus Portsmouth, ist der Eichschaft ein hübscher Besen mit einem sehr dicken eichenen Stiel, der für längere Flüge auch bei starkem Wind ausgelegt ist. Der Eichschaft ist heute ein höchst begehrtes Sammlerstück, doch Versuche, ihn beim Quidditch einzusetzen, waren nie erfolgreich. Der Eichschaft war zu schwerfällig, um bei hohen Geschwindigkeiten wenden zu können, und Spieler, für die Beweglichkeit mehr zählte als Sicherheit, konnten sich nie richtig mit ihm anfreunden. Doch wird er immer als jener Besen in Erinnerung bleiben, den Jocunda Sykes 1935 bei der ersten Atlantiküberquerung flog. (Zuvor hatte die Zaubererschaft angesichts solcher Entfernungen wenig Vertrauen in den Besen und nahm lieber das Schiff. Je länger die zurückzulegende Strecke ist, desto unzuverlässiger ist das Apparieren, und nur den fähigsten Zauberern ist angeraten, es von Kontinent zu Kontinent zu versuchen.)

Der *Mondputzer*, den Gladys Boothby 1901 schuf, war ein Entwicklungssprung im Besenbau, und eine Zeit lang erfreuten sich diese schlanken Besen mit ihren Eschenstielen großer Nachfrage für das Quidditch. Der entscheidende Vorteil des Mondputzers gegenüber anderen Besen war, dass mit ihm größere Höhen zu erreichen waren als je zuvor (wobei er überdies jederzeit beherrschbar blieb). Gladys Boothby war nicht in der Lage, seine Mondputzer in der von den Quidditch-Spielern lautstark verlangten Stückzahl zu fertigen. Daher begrüßte man die Entwicklung eines neuen Besens, des *Silberpfeils*; er war der eigentliche Vorläufer des Rennbesens, der viel höhere Geschwindigkeiten als der Mondputzer oder der Eichschaft erreichte (mit Rückenwind bis zu hundertzehn Stundenkilometer), doch war dieser das Werk eines einzigen Zauberers (Leonard Jewkes), weshalb die Nachfrage bei weitem das Angebot überstieg.

Der Durchbruch gelang im Jahr 1926, als die Brüder Bob, Bill und Barnaby Ollerton die Cleansweep Broom Company gründeten. Ihr erstes Modell, der *Sauberwisch Eins*, wurde in nie gekannten Stückzahlen produziert und als eigens für den Sport

bestimmter Rennbesen vermarktet. Der Sauberwisch war ein jäher und überwältigender Erfolg, ein
Besen, der den Markt wie kein anderer zuvor be-
herrschte und innerhalb eines Jahres von jeder
Quidditch-Mannschaft im Land geflogen wurde.

Die Gebrüder Ollerton blieben jedoch nicht lange
die einzigen Anbieter für Rennbesen. Im Jahr 1929
gründeten Randolph Keitch und Basil Horton, die
beide für die Falmouth Falcons spielten, eine zweite
Rennbesenfirma. Der erste Besen der Comet Trading
Company war der *Komet 140*, denn so viele Modelle
hatten Keitch und Horton getestet, bis sie den
Komet auf den Markt brachten. Der patentierte
Horton-Keitch-Bremszauber sorgte dafür, dass die
Quidditch-Spieler nun viel seltener über die Tore
hinausschossen oder ins Abseits flogen, und der
Komet wurde daher zum bevorzugten Besen vieler
britischer und irischer Mannschaften.

Während die Konkurrenz zwischen dem Sauberwisch und dem Komet immer schärfer wurde,
besonders durch die Einführung der verbesserten
Sauberwischs Zwei und Drei in den Jahren 1934 und
1937 und des Komet 180 im Jahr 1938, schossen auch
andere Besenfirmen in ganz Europa aus dem Boden.

Der *Zunderfauch* kam 1940 auf den Markt. Hergestellt von der im Schwarzwald ansässigen Firma
Ellerby und Spudmore, ist der Zunderfauch ein
äußerst elastischer Besen, auch wenn er nie die

Höchstgeschwindigkeiten der Kometen und Sauberwischs erreicht hat. Im Jahr 1952 brachten Ellerby und Spudmore ein neues Modell, den *Swiftstick*, heraus. Schneller als der Zunderfauch, neigt der Swiftstick allerdings dazu, im Steigflug an Zugkraft zu verlieren, und wurde daher von Profimannschaften nie benutzt.

Im Jahr 1955 führte Universal Broom Ltd. den *Shooting Star* ein, den bis dahin preiswertesten Rennbesen. Er wurde augenblicklich zum Publikumsliebling, doch nach einiger Zeit stellte sich heraus, dass er mit zunehmendem Alter an Schnelligkeit und Steigfähigkeit verlor, so dass die Produktion 1978 eingestellt wurde.

Im Jahr 1967 blickte die Besenfliegerwelt wie elektrisiert auf die Gründung der Firma Nimbus Rennbesen. Niemals hatte man etwas gesehen, was mit dem *Nimbus 1000* vergleichbar gewesen wäre. Er erreichte Geschwindigkeiten von bis zu hundertsechzig Stundenkilometern, konnte sich in der Luft stehend um 360 Grad drehen und vereinte die Zuverlässigkeit des alten Eichschaft 79 mit der leichten Handhabung der besten Sauberwischs. Der Nimbus wurde mit einem Schlag zum bevorzugten Quidditch-Besen der Profimannschaften ganz Europas und die Nachfolgemodelle (1001, 1500 und 1700) haben die Position der Firma Nimbus Rennbesen als Marktführer gefestigt.

Der *Twigger 90*, erstmals im Jahr 1990 hergestellt, sollte, wenn es nach seinen Entwicklern Flyte und Barker ging, den Nimbus als Marktführer ablösen. Nun ist der Twigger zwar hervorragend verarbeitet und enthält einige neue Spielereien wie die eingebaute Warnpfeife und den selbstglättenden Schweif, doch wie sich herausstellte, verbiegt er sich bei hohen Geschwindigkeiten. Seither steht er im Ruch, er werde von Zauberern mit mehr Galleonen als grauen Zellen geflogen.

---

## 10. Kapitel
## Quidditch heute

Das Quidditch-Spiel begeistert und fesselt auch heute noch seine vielen Anhänger rund um den Globus. Heute kann jeder, der sich eine Karte für ein Spiel kauft, darauf vertrauen, in den Genuss eines mit allen Tricks und Finten ausgefochtenen Wettkampfs hervorragender Spieler zu kommen (natürlich nur, wenn der Schnatz nicht innerhalb der ersten fünf Minuten gefangen wird, denn dann fühlen wir uns alle leicht übers Ohr gehauen). Diese Behauptung lässt sich am besten mit jenen schwierigen Spielmanövern verdeutlichen, die Hexen und Zauberer, erpicht darauf, das Spiel und sich selbst als Spieler weiterzuentwickeln, während der langen Geschich-

te des Quidditch erfunden haben. Einige davon
seien hier beschrieben.

### Doppelacht-Looping

Verteidigung durch den Hüter, meist gegen Freiwürfe. Der Hüter umkurvt mit hoher Geschwindigkeit alle drei Torreifen, um den Quaffel abzu-
blocken.

### Falkenkopf-Angriffsformation

Die Jäger bilden die Form einer Pfeilspitze und fliegen auf die Torstangen zu. Wirkt mächtig einschüch-
ternd auf die gegnerische Mannschaft und ist eine
gute Strategie, um gegnerische Spieler aus dem Weg
zu zwingen.

### Faultierrolle

Um einem Klatscher auszuweichen, lässt sich der
Spieler rücklings vom Besen hängen, den er fest mit
Händen und Füßen umklammert.

### Klatscher-Rückschlag

Der Treiber schlägt per Rückhand gegen den Klatscher, der daher nicht nach vorn, sondern nach hinten wegfliegt. Nur schwer mit Genauigkeit auszuführen, doch bestens geeignet, um den Gegner zu
verwirren.

### Parkins Pinzette

Benannt nach den ersten Spielern der Wigtown

Wanderers, die diesen Spielzug angeblich erfunden haben. Zwei Jäger fliegen von beiden Seiten her auf einen gegnerischen Jäger zu, während der dritte sich kopfüber auf ihn oder sie hinabstürzt.

## Plumpton-Pass

Trick eines Suchers: Ein scheinbar achtloser Schlenker, schon fliegt der Schnatz den Ärmel hoch und ist gefangen. Benannt nach Roderick Plumpton, dem Sucher der Tutshill Tornados, der dieses Kunststück 1921 bei seinem berühmten Rekordfang eines Schnatzes fertig brachte. Zwar behaupten einige Kritiker, das Ganze sei Zufall gewesen, doch Plumpton beteuerte bis zu seinem Tod das Gegenteil.

## Porskoff-Täuschung

Der Jäger im Besitz des Quaffels steigt in die Höhe, um die gegnerischen Jäger glauben zu machen, er wolle ihnen entkommen und einen Treffer landen, wirft dann jedoch den Quaffel hinunter zu einem Jäger seiner Mannschaft, der schon auf den Ball wartet. Hier kommt es auf exaktes Timing an. Benannt nach der russischen Jägerin Petrowa Porskoff.

## Rückpass

Ein Jäger wirft den Quaffel über die eigene Schulter einem anderen Spieler seiner Mannschaft zu. Nur schwer mit Genauigkeit auszuführen.

## Seestern und Stiel

Abwehrmanöver des Hüters; der Hüter hält den Besen waagrecht mit einer Hand und einem Fuß um den Stiel geschlungen, der Rest des Körpers hängt ausgestreckt nach unten (siehe Abb. G). Mit dem Seestern ohne Stiel sollte man es lieber nicht versuchen.

*Abb. G*

## Transsilvanischer Trick

Dieser angetäuschte Schlag gegen die Nase war erstmals bei der Weltmeisterschaft von 1473 zu sehen. Solange der Körper des Gegners nicht berührt wird, ist dieses Manöver erlaubt, allerdings ist es schwierig, die Hand gerade noch rechtzeitig zurückzuziehen, wenn die beiden Gegner schnell auf ihren Besen dahinfliegen.

### Treiber-Doppel-Verteidigung
Beide Treiber schlagen gleichzeitig und daher mit größerer Kraft gegen den Klatscher, dessen Angriff nun um so gefährlicher wird.

### Woollongong Shimmy
Von den australischen Woollongong Warriors zur Vollendung gebrachte, äußerst schnelle Zickzackbewegung, mit der gegnerische Jäger abgeschüttelt werden sollen.

### Wronski-Bluff
Der Sucher hat dem Anschein nach weit unten den Schnatz gesehen und stürzt in die Tiefe, reißt sich jedoch aus dem Sturzflug, kurz bevor er auf dem Feld aufschlägt. Soll den gegnerischen Sucher dazu veranlassen, es ihm gleichzutun und sich dann tatsächlich die Nase platt zu hauen. Benannt nach dem polnischen Sucher Josef Wronski.

Es kann kein Zweifel daran bestehen, dass sich Quidditch seit der Zeit, als Gertie Keddle zum ersten Mal »diese Hohlköpfe« auf Queerditch Marsh beobachtete, durch und durch gewandelt hat. Lebte Gertie heute, dann hätten Anmut und Kraft dieses Spiels vielleicht auch ihr Herz für Quidditch entflammen lassen. Möge sich das Spiel noch lange Zeit fortentwickeln und diese herrlichste aller Sportarten viele künftige Generationen von Hexen und Zauberern erfreuen!

*Comic Relief (UK)* ist eine der angesehensten und erfolgreichsten karitativen Einrichtungen in Großbritannien. Seit der Gründung 1985 erzielte *Comic Relief* mehr als 250 Millionen Dollar an Spendeneinnahmen, die Organisationen wie UNICEF, dem Roten Kreuz, *Oxfam, Sight Savers*, der Internationalen HIV/AIDS Allianz und *Anti Slavery International* zur Verfügung gestellt wurden.

Die Harry-Potter-Bücher stellen eine neue Möglichkeit dar, *Comic Relief* bei der Suche nach Wegen zu unterstützen, das Leben vieler Menschen zu verbessern. Ein besonderer Fonds ist dafür ins Leben gerufen worden. In ihn fließen die weltweiten Einnahmen aus dem Verkauf von »Quidditch im Wandel der Zeiten« und »Phantastische Tierwesen und wo sie zu finden sind«. Sie gehen direkt in die Arbeit des Fonds für die ärmsten Kinder in den ärmsten Ländern der Welt ein. Der Fonds unterstützt diese Kinder durch Erziehung und Bildung, im Kampf gegen Kindersklaverei und in der Zusammenführung von Eltern und Kindern, die durch Krieg und Vertreibung getrennt wurden. Der Fonds klärt außerdem junge Leute über AIDS/HIV auf und hilft Kriegsopfern.

Das Besondere an *Comic Relief* ist, dass nichts von dem Geld, das gespendet wurde, für die Fondsverwaltung verwendet wird. Deshalb gehen hundert Prozent der Einnahmen direkt in großartige Projekte, die mit Tausenden von Kindern auf der ganzen Welt realisiert werden.

Es war schon lange mein heimlicher Wunsch, »Quidditch im Wandel der Zeiten« zu schreiben. Als ich dann einen Brief von Richard Curtis von *Comic Relief* erhielt, erkannte ich die wunderbare Möglichkeit, damit eine Arbeit zu fördern, die ich eigentlich immer schon unterstützt habe.

Ich danke Ihnen für den Kauf dieses Buches!

J. K. Rowling

## Danksagung

Der Carlsen Verlag und *Comic Relief* danken all denen, die bei
der Entstehung und Verbreitung dieses Buches mitgewirkt und
zugunsten von *Comic Relief* auf Einnahmen verzichtet haben:

Klaus Fritz für die Übersetzung
Richard Horne für die Umschlaggestaltung
und Polly Napper für das Whizz Hard-Logo
Borregaard Hellefos Aktieselskabet für das Papier
Ebner Ulm für den Druck
Matthäus Salzer's Söhne Papierfabrik für das Vorsatzpapier
Forest Alliance, Achilles Papierveredelung,
Fiebig & Schillings GmbH
und GGP Media GmbH, Pößneck
für Deckenherstellung und Bindung
L+T, Oppurg für die Logistik
Koch, Neff & Oetinger, Stuttgart, für die Auslieferung
Michael Behrent (Ahrens & Behrent, Mentner)
für die PR-Beratung

Dem Buchhandel in Deutschland, Österreich und der Schweiz

und natürlich J. K. Rowling, die dieses Buch geschrieben hat
und großzügig ihr gesamtes Autorenhonorar dafür
an *Comic Relief* spendet.